JN246934

もくじ

はじめに

ここ数年の間に、日本でもストーリーテリングに対する関心が大分深まってまいりました。今後、ストーリーテリングは、児童図書館の活動のなかで、重要な役割を果たすことになるでしょう。そこで、**子ども文庫の会**は、ストーリーテリングのしかたについて、アメリカ、イギリスのストーリーテラーたちが書いたものや、その選んだお話などを、順次、**ストーリーテリング・シリーズ**として、だしてゆきたいと思います。この第一号には、ユーラリー・スタインメッツ・ロス女史の著「消えた三〇分」という本の、最後の一章をロスさんと出版社の許しを得て、翻訳しました。

「消えた三〇分」は、ストーリーテリングに向いたお話を集めたお話集ですが、その巻末でロスさんは、ストーリーテリングを勉強する心構えについて語っています。この文は専門家（主として図書館員）のために書かれたものですので、内容はやや高度であるかもしれません。しかし、子どもの本や、ストーリーテリングに関心を持つわたくしたちにとって、教えられることの多い一文だと思います。

ロスさんは、かつてニューヨーク市公共図書館のストーリーテリング部長をつとめ、ニューヨーク中の若い児童図書館員にお話のしかたを教え、自身、子どもたちのために、各分館をまわって話してきました。一九六五年に第一線から引退しましたが、数年前には日本にきたこともあります。

イギリスやアメリカの図書館でつかっている「ストーリーテリング」ということばは、強いて日本語に直せば、「すばなし」とでもいいましょうか。大げさな語り口のものではありません。ストーリーテリングは、欧米の児童図書館活動の中で、子どもと本を結びつけるための重要な武器となっていて、ストーリーテリング向けのお話集がたくさんでています。ロスさんの「消えた三〇分」もその一冊です。

なお、「ストーリーテリングについて」の中で、外国ではおこなわれていても、あまり日本で必要のないことは、適宜はぶきました。この小冊子の後半に載せたお話数篇は、**子ども文庫の会**で試みに選んだものです。みなさまにも、子どもさんを前にして、ためしていただきたいと思います。

ストーリーテリングについて

ユーラリー・スタインメッツ・ロス
山本まつよ訳

この現実の世界とはべつの、物語の世界には、すばらしいストーリーテラーが、大ぜいすんでいます。

千夜の間、あやしくふしぎな物語を王に聞かせ、首を切られずにすんだという、あのアラビアン・ナイトの王妃シェエラザードも、そのひとりですし、イギリスの中世、カンタベリー寺院まいりの道すがら、かわるがわる、おもしろおかしい世間話に興じた「カンタベリー物語」の巡礼たちもその仲間です。

一　お話はだれもがしている

さて、今日、これからストーリーテリングをはじめようとする若い人たちが、このようにすばらしいストーリーテラーたちのあとについて、自分も「お話」をするのだと考えると、とても気おくれがするのは、もっともです。けれども、ほんとうは、そんなにむずかしく考えることはないのです。

まず、ストーリーテリングの勉強をはじめるまえに、わたくしたちと、かれらとの間には、すでに二つの共通点があります。一つは、かれらも、わたくしたちも、フォーク（民衆）であるということ。（そして、ストーリーテリングは、民衆芸術なのです。）またもう一つは、わたくしたちも、日常のやりとりのなかで、ごく自然に、ひとに「話」をしているということです。

ストーリーテリングとは、このだれもがしている「話」の技《わざ》を研究したり、練習を重ねたりすることによって、形をととのえ、磨きあげ、内容を深めていくことにほかなりません。

二　ストーリーテリングの四つの順序

実際にストーリーテリングをするにあたっては、四つの順序があるといえましょう。つまり、**一、話を選ぶ。二、話をおぼえる。三、子どもたちに、話をきく準備をさせる。四、話を語る、**ことです。

話を選ぶ

ストーリーテリングの話を選ぶには、何よりも、自分の好きな話を選ぶことです。語り手自身、その話に感動もしないで、話をきく子どもたちを感動させることはできません。語り手が心をはずませてもいない話では、子どもの心もはずみません。語り手がそのふしぎさに打たれた話でなければ、子どもたちも驚きはしません。語り手自身、胸をドキドキさせた話でもないのに、どうして子どもだけが心をおどらせることができるでしょう。ストーリーテリングというものは、まず心で語りかけ、心できくものです。語る方に心がこもっていなければ、きく方もいいかげんにきくでしょう。

自分に親しみのある話を選ぶのは、うまい選びかたです。例えば、ホンのわずかでもアイルランド人の血をひいている人は、エラ・ヤング[1]や、パドレイク・コラム[2]など、アイルランドの気風を豊かに伝える人々の書いた、軽やかなリズムのあるお話が上手です。リーマスじいやの「うさぎどん、きつねどん[3]」の話には、アメリカの南部生まれの人でなければなかなか出せない味があります。

ほどよいサスペンスをたもちながら、力強いクライマックスまでのぼりつめる、ふとい話の筋が一本通った物語――これが、ストーリーテリングにもっとも適したすぐれたお話です。ストーリーテリングでは、登場人物の描写よりも、その人物の行為を語ることのほうが、人間が動いてきます。キビキビした、くだけた会話がはいると、物語はおもしろく生きてきます。ことばはなるべくすくなく、実体をもった名詞、行動を示す動詞を主にすると、話は力づよくなります。ストーリーテリングをはじめたばかりのときには、昔話がいちばん語りやすいというのも、昔話には、このような特長が、すべて揃っているからです。昔話は、話の筋がハッキリと通り、性格描写は直《ちょく》さい、会話に味があり、的確で、ぬきさしならないことばで語られています。

昔話は、一つの話が、いく通りにもちがった語り口で伝わっているものですが、ストーリーテリングにもっともふさわしいのは、ストーリーテラー（自身お話のできる人）が書いたものまたは、口で語りやすい文章を書く力をもつ作家の書いたものです。この人たちは、ひと息で語れる文章の長さや、ドラマチックな効果を生むには、どのあたりで文を短く区切り、あるいは長く続ければよいかを、わきまえています。聞き手を、はじめから終りまでのべつ緊張させるようなことはしないで、らくな気持で息ぬきできる部分をところどころにうまくはさむことも知っています。また、息をつめ、胸をドキドキさせながら筋を追うサスペンスのもり上げにも熟練しています。そして、なによりもまず、この人たちは、それぞれの話に、独特のスタイルと魅力を持たせるためには、どんないいまわしを使ったらいいかを知っています。その意味で、これからストーリーテリングを勉強しようという人々に、ジョーゼフ・ジェイコブズ[4]、ワンダ・ガーグ[5]、スーマス・マクマナス[6]、ガドラン・ソーン・トムセン[7]、ウォルター・デ・ラ・メア[8]、ルース・ソーヤー[9]たちが再話した昔話を特におすすめします。

ストーリーテリングの材料をさがすために昔話を読むときには、目で読む速度をおとして読まなければなりません。いくらやってみても早く読みがちなときには、声を出して読んでみることです。こうすると、ゆっくり読めるだけでなく、その話の印象は、目からと耳からと、二重につかむことができます。なぜゆっくり読まなければならないかといえば、昔話の中では、ごくみじかい文章のあいだに、たくさんの事件が、つぎからつぎへとおこるからです。そこでおとなは、とかく、スラスラと読みとばして、ストーリーテリングのときに、うまく生かすことのできる肝心の個所を見落してしまいます。

ストーリーテリングの初心者は、どんな物語を選べばよいか、途方に暮れるものですが、ニューヨーク公共図書館とピッツバーグのカーネギー図書館がつくったストーリーテリング用のお話のリストは、たいへんすぐれています。この二つのリストはいずれも、それぞれの図書館が、長年にわたってつづけてきた「お話の時間」に、実際に話してきかせた物語の中から選んであります。マリー・L・シェドロック[10]の「ストーリー・テラーの技《わざ》」、ルース・ソーヤーの「ストーリーテラーの道」の二冊は、ストーリーテラーが、ぜひ座右に備えておくべき名著ですが、ストーリーテリング全般についても、経験とすぐれた知恵にあふれた助言が見られます。

話をおぼえる

いよいよ、語ってきかせたい話を見つけたとしましょう。自分がその物語の中で味わったよろこびを、聞き手にも味わってもらうためには、そのお話をおぼえなければなりません。そらで、おぼえなければなりません。というのは、その話を語るとき、いかにも本から暗記したという風にでなく、まるで自分の心の中にある話を語ってきかせているように、自然に話せるまで、よくのみこんでしまわなければなりません。しかも、まず一度おぼえたら、つぎには、それを忘れてしまうことが必要です。こうすると、はじめて、つくりごとでない、自然な話術を身につけることができます。そして、このたくまない話術こそ、ストーリーテリングには、欠くことのできないものなのです。

ラディヤード・キプリング(11)のような、個性的な作家の書いたお話は、ていねいにおぼえて、その作家が書いた通りのことばで語らなければなりません。このような作家の筆になるお話は独自のスタイルを持った文学ですから、ただそのお話のすじを語るだけでなく、その文学のスタイルを伝えなければならないのです。一語一語、また文のつづきぐあいも忠実におぼえなければなりません。

昔話のことばを、一語も違えず、ソックリそのまま記憶する必要はないという人たちもいます。しかし、特に初心者の場合、わたくしはその意見に賛成できません。ストーリーテリングを始めたばかりのころは、創作の物語の場合と同様に、昔話も、忠実に、書いてあることば通りにおぼえることが一番いいと思います。話している間、正確におぼえたことをたどってゆく安心感が、大きな支えになります。しかしこの点は、実例にあたってみないと、なかなかわかりにくいものです。

経験の豊かな語り手が昔話を語っている間、そのお話を文字で追っていってみると、よくわかります。こうすると、昔話が、素朴におおらかな語り口をもっているということ、おもしろい味わいのあることばや、独特のいいまわしが、昔話の中で非常に重要な役割を果たしているということ、それに語り手が、絶対に、不用意なことばを自分勝手にまじえず、話の精神をこわさないように細心の注意をしていることがわかります。

〔訳者注〕　日本語に翻訳した外国の昔話や創作の場合事情はちがってきます。翻訳したものは、どうしても原文そのままのなだらかさをもっていませんから、実際にストーリーテリングをしてみて、もっと語りやすい文章に磨きあげていくようにしましょう。

どうやって話をおぼえるかということは、ストーリーテラーが、めいめい自分で工夫するべきことです。どんな手段に頼るにせよ、お話の中に出てくる登場人物の性格を完全につかみ、つぎつぎに起こる事件の起伏と物語の筋をつかみ、作者のスタイルやことばづかいなどを味わえるようになるまで、くり返しくり返し読むこと、それも、できれば、声を出して読むことです。

同じ作者が書いたほかの物語を読んでおくと、その人のスタイルがいっそうよく理解でき、語り手の舌は、なめらかに動くようになります。

じゅうぶん読み返したと思ったら、ひとまず本をおいて、頭と心に、物語をしみこませます。

たいていの場合、このときが、一番苦心を要するときです。この作業のカギは、「集中すること」です。一心に集中しても、最初の一ページか二ページはなかなかすらすらとおぼえられませんが、突然、頭と想像力とが一つにとけあい働きはじめます。すると、あとは、とても楽にというよりも、たのしく頭にはいってきます。

わたくしは、一つの話をおぼえようとするとき、頭の中に、天然色映画の一コマ一コマを映すように、物語を「見て」いきます。この方法は、おぼえることに役だつばかりでなく、話をするときにも役だちますし、ことによると、きくのにも役だっているかもしれません。わたくしがストーリーテリングをしたあとで、よく子どもたちが、「お話が絵のように見えた。」といいます。

ストーリーテラーの中には、最初のうち、話の筋をメモしておいて、筋をおぼえるまで、そのメモを追っている人もいます。また、お話を初めから終りまでタイプしながらおぼえる人もあります。ちょうど、カーボン紙をつかって複写をとるように、タイプの手とともに、話が頭の中に写されていくのでしょう。

どんな風にしておぼえるにしろ、話をおぼえてしまうと、こんどは声を出して練習します。鏡に向かって練習する人もあれば、家族、あるいはだれでも、聞いてくれる人を練習台にして話してみ、声を出したときのことばの感じをためし、声と、頭と、心を使って、一つのものをつくりだします。

ストーリーテリングは、語る側の技術だけがいくらうまくても、完全ではありません。ストーリーテリングを完全なものにするためには、「ストーリーを聞く」技術と、うまくかみ合わなければなりません。だからこそ、子どもたちに、お話を聞く姿勢をととのえさせることは、ストーリーテラーが、お話を語る準備をするのと同じくらいたいせつなのです。

話を聞く準備

話をきく子どもたちは、その話がわかる年ごろでなくてはなりません。昔話と昔話ふうな創作物語は、ストーリーテラーのレパートリーの骨となっている、だいじなものですが、これを一番おもしろがるのは、八歳から十歳、ないし十一歳くらいの少年少女です。五歳から七歳くらいまでの子どもたちには、このようなお話より短かい話を選びます。もちろん、幼ない子のための「お話の時間」は、大きい子どもたちより短かくします。一度に、幼ない子から大きい子まで集めて、それぞれの年齢向きの話を順番に聞かせるというやり方は、結局だれにとっても不満足で、時間のムダづかいでしかありません。長い、こみいった筋の話をしている間に、幼ない子どもたちがガタガタさわぎ出し、一方、幼い子向けの話をしていると、大きい子どもたちがたいくつしてしまいます。なかでも、一番やり切れない思いをするのは、ストーリーテラー自身でしょう。「お話の時間」を一度だけに決めて、だれも満足しないで終わってしまうより、二度、または三度にもわけて、どの年ごろの子どもも、みんな喜こばせるようにしたほうがいいでしょう。

子どもたちに、熱心に話をきいてもらいたければ、楽な姿勢で聞けるようにしてやらなければならないことは、いうまでもありません。部屋の換気をよくし、子どもたちの目に窓ガラスのギラギラする反射がまぶしくないようにし、外とうなどは脱がせ、手にはなにも持たせないようにしましょう。子どもがすわるイスも、前後左右にゆったりと間隔をとってやります。もたれのない腰かけより、背のあるイスの方がいいように思います。イスの列はあまり横に長くならないようにならべるのがいいでしょう。列があまり横に長くなると、語り手は、テニスの試合を見物するときのように、絶えず顔を右から左へ、左から右へと動かすことになります。イスは、うしろの列のイスが、前の列のイスの間にくるようにし、どの子どもも、前の列の人にじゃまをされずに、語り手の顔が見えるようにしたいものです。子どもたちの顔に生き生きとした反応の出るのを見て、語り手は新たなインスピレーションを得、いよいよお話をおもしろくすることができるのです。

ストーリーテリングの場所として、別室を準備しておくこともたいせつです。静かで、じゃまのはいらない場所が望ましいのです。その部屋には、キチンと列をつくってはいり、それぞれの席につけます。固苦しくない程度に、行儀よくすることに気をつけましょう。

子どもたちが楽な姿勢でイスにすわったら、お話を聞く準備のしめくくりとなる、ちょっとした儀式めいたことをすると、効果的です。わたくしの「お話の時間」には、願いごとをするロウソクに火をつけることにしています。子どもたちとわたくしがじっとロウソクの火を見守っているうちに、ざわめきがしずまって、しんとなります。ロウソクの火がついてほのおが燃えたつ瞬間には、なにかふしぎな魔法的なものがあります。ほのおが高く上がるまでには、子どもの心に話を聞く用意ができ、わたくしにも話をする準備ができます。話が終わると、もちろん、ロウソクは——めいめいが心になにかを願ううちに——吹き消されます。このときも、火をつけるときと同じくらいふしぎな感じがしますが、最初のときにくらべ、気もちはずっと昂揚しています。

話を語る

さていよいよ最後の「話を語る」段階に入りましょう。新たにストーリーテリングを始める人々がおぼえておくべきことが、三つあります。第一に、ゆっくりと語ること。第二に、単純に語ること。第三に、心をこめて語ることです。

ストーリーテラーは、初めての人であれ、経験の豊富な人であれ、ゆっくりと語りはじめなければなりません。聞き手が、語り手の声になれるためです。ゆっくりと語れば、もし声がうしろの方の子どもたちに聞こえていない場合は、あまり話が進まないうちに、声を大きくすることができます。子どもがザワザワとしているのは、声が通っていないしるしです。昔話では最初の一節か二節のあいだに、とてもたくさんのことが起こります。場所が設定され、登場人物が紹介されます。そして、初めの一節か二節で、もう話は、どんどん先へ進んでいます。聞き手は、そこに出てくる事実を全部頭に入れなければならないわけですが、語り手がゆっくり話してくれれば、この作業は、ずっと楽になります。ストーリーテリングを習いはじめたばかりの語り手は、神経質になり、そのため、ふだんより早口になりがちです。だから語っているあいだじゅう、ゆっくりと落ち着いて話すことを、意識的に努力しなければなりません。最初のうちは、テクニックをあまり気にすることはありません。時がたち、練習を重ねるにしたがって、話し方は次第に洗練されてくるものです。

できるだけ単純な語り方をする方が、効果的です。ドラマチックにしようとして、かえって、そのお話が本来持っている自然なもり上がりを殺してしまうことがあります。それに、わざとらしい、芝居がかった話し方をすると子どもたちの方が照れてしまいます。あまりにも技巧的な話し方をすると、物語そのものよりも、語り手が前面にのさばりすぎ、ストーリーテリングのよさなどどこかに吹き飛んでしまいます。すぐれたストーリーテラーは、物語と子どもたちをじかに結びつけて、両者の間にシャシャリ出たりはしないものです。語り手は、その物語を生みだした作者の心から聞き手の子どもたち一人一人の心に、物語がじかに流れこむための道具の役割を果せばいいのです。

実際に経験を積んでいるうちに、ストーリーテリングに変化をもたせ、物語の中にひそむドラマをクッキリと浮かび上がらせるため、語り口に強弱や緩急をつけたり、ことばを切ったりすることも、次第にできるようになります。声を低め、テンポをおとすと、大声でたたみかけるように話すよりも、かえってクライマックスを強める効果があることもわかってきます。間《ま》のとり方のカンが身についてくると、サスペンスをもり上げたり、一語一語の意味を深めたりする上に、間《ま》がどんなに重要かということがわかってきます。

俳優は、セリフ、照明、舞台装置、小道具などを使って、舞台の上にある一つの世界をつくり出します。ところが、ストーリーテラーは、俳優とおなじことをするのに、ことばだけに頼らなければなりません。経験を重ねるにしたがい、ストーリーテラーは、物語を形づくっていることばを、一語もムダにせず、自分の目的のために、精いっぱい利用することを学びます。「消えた三〇分」という話の中で、鐘が七つ、大きく鳴りひびくとき、ストーリーテラーのことばそのものが、まるで鐘の音のように鳴り響くようになります。お話の中に円い塔が出てくるときには、ストーリーテラーのことばの中から、アンデルセンが、「火打箱」でえがいているのとソックリの形をした塔が浮かびあがってこなければなりません。「ネコとオウム」の中で、カニがネコの胃袋にチョキチョキとあなをあけるときには、ストーリーテラーの声が、カニのハサミのような切れ味を示さなければなりません。

誠実さが命

ストーリーテラーが実生活の中で重ねるすべての経験は、その人の技《わざ》を豊かにしてくれます。たとえば、モヤにつつまれた瀬戸内海を航海してみて、はじめて浦島太郎の話の情景が目に見えてきます。人間の心に奥行きと幅を加えるような経験なら、どんな経験でもストーリーテリングの役に立ちます。ストーリーテリングの技《わざ》は、人間の心の中から養分を吸収して育ちます。心の成長とともに、ストーリーテリングもうまくなるのです。

すぐれたストーリーテリングの特長は、なににもまして誠実さです。自分にピッタリの物語をさがす苦心、これと思ったお話を、自分のものにしてしまうまで、文字通り心を傾けておぼえようと努力し、物語の中に心からのよろこびを見出し、そのよろこびを聞き手とともにわかちたいという思いが、誠実さとなって、にじみでるのです。

いままでに、わたくしは、ストーリーテラーの初心者たちを、何人となくみてきました。その人たちは声も不確かなら、身振りもギゴチなく語っていましたが、自分の語る物語に心をうばわれ、心からその話を子どもたちに聞いてほしいと思っているので、子どもたちもウットリと耳を傾けて、ギゴチない腕や、へたな語りかたなどは、ちっとも気がつかない風でした。人生と同じように、ストーリーテリングでも誠実さがいのちなのです。

(1) エラ・ヤング、一八六五年アイルランドに生れた女流詩人、神話学者、ストーリーテラー。晩年アメリカに移った。

(2) パドレイク・コラム、一八八一年アイルランド生れの詩人でのちアメリカに移り住んだ。「子どものためのホーマー」をはじめ、ギリシャ、ローマおよび北欧の神話などの再話にすぐれたものが多い。

(3) 「うさぎどん、きつねどん」、アメリカ南部出身のジョエル・チャンドラー・ハリス（一八四八―一九〇八）が、黒人のリーマスじいやが話して聞かせた形で書いた動物物語。

(4) ジョーゼフ・ジェイコブズ、民俗学の立場から、昔話の収集を行なった歴史学者（一八五四―一九一六）。「イギリスのむかし話」（一八九〇年初版）は、いまも英米両国の子どもたちが最初に読む昔話の本。日本では「イギリスとアイルランドの昔話」が出ている。

(5) ワンダ・ガーグ、アメリカの中西部生れの画家（一八九三―一九四六）。グリムなど、昔話の再話にもすぐれた仕事を残している。「一〇〇まんびきのねこ」は、日本でも出版されている。

(6) スーマス・マクマナス、一八六九年生れのアイルランドの作家。アイルランドむかし話の再話で、アメリカで名声を博し、アイルランドの歴史をふくむ数多くの著書が出版されている。

(7) ガドラン・ソーン・トムセン、一八七三年ノールウェーに生れた。マリー・シェドロック（イギリス）、ルース・ソーヤー（アメリカ）とならび、今世紀の女流三大ストーリーテラーの一人といわれて、荘重な北欧神話を得意とした。一九一二年に「太陽の東月の西ノールウェーむかし話集」を書いた。

(8) ウォルター・デ・ラ・メア、イギリスの大詩人（一八七三―一九五六）。子どものための詩集、物語にも著作が多い。

(9) ルース・ソーヤー、一八八〇年にボストンに生まれた。三大女流ストーリーテラーの一人といわれているが、そのキッカケはアイルランドにむかし話収集にいってから。多くの著作のうち「ローラー・スケート」(一九三六年)はニューベリー賞を受けている。

(10) マリー・L・シェドロック、イギリスの傑出したストーリーテラー(一八五四—一九三五)。劇的な語り口が特色で、とくに、かの女の語るアンデルセンの物語は絶品といわれた。

(11) ラディヤード・キプリング、イギリスの作家、詩人(一八六五—一九三六)。インドのボンベイで生れ、イギリスで教育をうけてのち、インドでジャーナリストとなり、のち、小説や詩を書き、一九〇七年にはノーベル文学賞を受賞した。

ビリー

あるところに、ひとりのおかあさんがすんでいて、そのひとには、生まれたばかりのあかちゃんがいました。あかちゃんの名はビリーといいましたが、おかあさんはそのあかちゃんを、ビリーとよんだことはありませんでした。

あかちゃんはおなかがすいてくると、おちちをほしがって、オギャアアア、オギャアアア、オギャア――アアアとなきました。そんなときのなきごえは、夏、池のあおい水の中でおよいでいるアヒルのなきごえにそっくりでした。そこで、おかあさんは、あかちゃんのことを、ビリーというかわりに「ちいさなアヒルちゃん」とよびました。

それから、あかちゃんはおちちをたっぷりのんで、おなかがふくれると、半分目をとじて、ねむそうに、ウウー、ウウウー、ウウウウウ――といいました。そのこえは、日なたぼっこをしているハトにそっくりでした。そこで、おかあさんは、あかちゃんのことをビリーというかわりに、

「ちいさなハトちゃん」とよびました。

それから、あかちゃんがベッドにうつぶせになって、あしを両方にひろげてねむると、小さ

なカエルにそっくりでした。そこで、おかあさんは、あかちゃんのことを、ビリーというかわりに、

「小さなカエルちゃん」とよびました。

それから、あかちゃんは目をさますと、あお向けになり、手で足首をつかみ、ひとりできげんよく、ブンブンブン、ブンブンブンとうたいました。そのうたは、クローバーのはらっぱでみつを集めているハチのうたにそっくりでした。そこで、おかあさんは、あかちゃんのことをビリーというかわりに、

「ちいさなハチさん」とよびました。

それから、あかちゃんがひざでたって、両手でベッドのワクにつかまり、ワクをガタガタゆすぶると、木馬がガッタン、ガッタンと体をゆすっているのにそっくりでした。そこでおかあさんは、あかちゃんのことを、ビリーというかわりに、

「ちいさな木馬ちゃん」とよびました。

それから、あかちゃんは、おすわりをしはじめると、両手でいすをつかまえて、フクロウにそっくりの大きな目で、じっとおかあさんをみあげました。そこで、おかあさんは、あかちゃ

んのことを、ビリーというかわりに、
「ちいさなフクロウちゃん」といいました。

それから、あかちゃんははじめてひとりでたちあがろうとしましたが、うまくたちあがれないで、両手をついてしまいました。そのかっこうは、子グマがもりの中で、あと足でたちあがれないで、よつんばいになっているのにそっくりでした。そこで、おかあさんは、あかちゃんのことを、ビリーというかわりに、
「子グマちゃん」とよびました。

あるとき、おかあさんが、あかちゃんにニンジンをあげました。すると、あかちゃんはそのニンジンを手にもって、はなにクシャクシャとしわをよせ、ウサギにそっくりのかおをしました。そこで、おかあさんは、あかちゃんのことを、ビリーというかわりに、
「ちいさなウサギちゃん」とよびました。

よる、おかあさんがあかちゃんをおふろに入れたとき、あかちゃんは、足をちぢめたりのばしたり、水をけったり、いきおいよくからだをうごかしたり、川でおよいでいるサカナにそっくりでした。そこで、おかあさんは、あかちゃんのことを、ビリーというかわりに、

「ちいさなサカナちゃん」とよびました。

ところがある日のこと、あかちゃんは、どんなちいさなどうぶつにも、ことりにも、どんなむしにも、どんなおサカナにもできないことをしました。

あかちゃんが、ながいあいだ、とてもしずかなので、おかあさんが、なにをしているのかなと見にきました。すると、あかちゃんは、ベッドのワクにつかまってたち、ドアの方をじっとみていました。おかあさんのかおをみると、あかちゃんは、「ムムムムム…マ…マ。」といいました。

おかあさんは、あかちゃんをだきあげて、ほおずりして、

「ちいさなウサギちゃん」とも、「子グマちゃん」とも、

「ちいさなアヒルちゃん」とも、「ちいさなフクロウちゃん」とも、

「ちいさなサカナちゃん」とも、「ちいさなカエルちゃん」とも、

「ちいさなハトちゃん」とも、「ちいさなハチさん」とも、

「ちいさな木馬ちゃん」ともいわないで、

「ビリーちゃん!」とよびました。


（シャーロット・ゾロトウ）

いたずらこうさぎ

あるところに、こうさぎがいました。このこうさぎは、あるとき、家出がしたくなりました。そこで、おかあさんうさぎに、「ぼく、うちからでていくよ。」といいました。すると、おかあさんうさぎは、「おまえが家出したら、おかあさんは、おまえのあとをおいかけていくよ。おまえは、わたしのかわいいこうさぎだもの。」といいました。

「おかあさんがおいかけてきたら、ぼく、マスのいる川でサカナになって、およいでいってしまう。」と、こうさぎがいいました。

「おまえがマスのいる川でサカナになったら、おかあさんはりょうしになって、おまえをつかまえにいくよ。」と、おかあさんうさぎがこたえました。

「おかあさんがりょうしになったら、ぼくはおかあさんよりずっと高い山の上の岩になってしまう。」と、こうさぎがいいました。

「おまえが、おかあさんよりずっと高い山の上の岩になったら、おかあさんは登山家になって、おまえのいるところまでのぼっていくよ。」と、おかあさんうさぎがいいました。

「おかあさんが登山家になったら、ぼくはだれも知らない庭にさいているクローカスになってしまう。」と、こうさぎがいいました。

「おまえがだれも知らない庭にさいているクローカスになったら、おかあさんは植木屋になって、おまえをみつけてしまうよ。」と、おかあさんうさぎがいいました。

「おかあさんが植木屋になってぼくをみつけたら、ぼくは小鳥になって、飛んでいってしまう。」と、こうさぎがいいました。

「おまえが小鳥になってとんでいったら、おかあさんは木になって、おまえがとまりにくるようにするよ。」と、おかあさんうさぎがいいました。

「おかあさんが木になったら、ぼくは帆前船《ほまえせん》になって、帆をあげて走っていってしまう。」と、こうさぎがいいました。

「おまえが帆前船になって、帆をあげて走っていったら、おかあさんは風になって、おまえを、わたしのすきなところへつれていくよ。」と、おかあさんうさぎがいいました。

「おかあさんが風になって、ぼくを、おかあさんのすきなところへつれていったら、ぼくはサーカスにはいって、空中ブランコに乗ってにげてしまう。」と、こうさぎがいいました。

「おまえが空中ブランコにのってにげたら、おかあさんは綱渡り芸人になって、綱をわたっておまえをつかまえにいくよ。」と、おかあさんうさぎがいいました。

「おかあさんが綱渡り芸人になって、綱をわたってぼくをつかまえにきたら、ぼく、ちいさい男の子になって、うちの中ににげこんでしまう。」と、こうさぎがいいました。

「おまえが小さい男の子になって、うちの中ににげこんだら、おかあさんはその子のおかあさんになって、両手でその子をだいてしまうよ。」と、おかあさんうさぎはいいました。

「なあんだ！　それなら、いまのままここにいて、おかあさんのこうさぎでいるのとおんなじだァ。」

そういって、こうさぎは、そのままうちにいることにしました。

「さあ、ニンジンをおあがり。」と、おかあさんうさぎがいいました。

（マーガレット・ワイズ・ブラウン）

ゆきんこ

むかしロシアに、おひゃくしょうが、おかみさんといっしょにすんでいました。ふたりはたいへんしあわせにくらしていましたが、ただひとつ、子どもがないことを、とてもさびしくおもっていました。

ある日、ふたりは、まどによりかかって、村の子どもたちが雪の上であそんでいるのをながめていました。そのうち、おひゃくしょうはおかみさんに、

「なあ、おまえ、おれたちも外へいって、子どもたちといっしょに、ゆきだるまをつくろうじゃないか。」といいました。

けれども、おかみさんはニッコリして、

「いいえ、おまえさん、それよりも、わたしたちには、子どもがさずからなかったんだから、ゆきで小さい子どもをつくってみようよ。」といいました。

そして、おかみさんは、長い、あおい外とうをき、おひゃくしょうは、長い茶色の外とうをきて、そとへ出ると、ゆきで子どもをつくりはじめました。

まず足からだんだんつくっていって、小さなどうたいをその上にのせ、それからさいごは、まるいゆきのたまをつくって、あたまにしました。ちょうどそのとき、見たこともないおとこ

のひとが、長い外とうをすっぽりときて、かおがかくれるほど帽子をふかくかぶって、ふたりのそばを通りすぎました。おとこのひとは、通りすぎるとき、「おふたりのしていなさることに、かみさまのおたすけがありますように！」といいました。

おひゃくしょうとおかみさんも、かみさまということばをきいたので、十字をきって、「なにごとも、神様のお助けをおねがいするのは、いいことだ。」といいました。

それからまた、ふたりは、せっせとゆきの子どもをつくっていきました。かおにあなを二つあけて目をつくり、はなと口もつくりました。すると――なんと、ふしぎもふしぎ――ゆきの子どもは生きた子どもになって、はなと口で息をしはじめました。

おひゃくしょうは、きもをつぶして、おかみさんに、「こりゃまあ、どうしたことだ？」といいました。

おかみさんは、「かみさまがわたしたちに、むすめをおさずけくださったよ。」といって、その小さなおんなの子を両手でだきました。子どもについていたフワフワゆきが、パラパラ、とちりました。すると、おんなの子のかみは金色にかわり、目は、わすれなぐさのようなそら色になりました。けれども、ほっぺたはまっ白で、血の気がありませんでした。おんなの子のからだには、血がながれていなかったからです。

二、三日たつと、おんなの子は、三つか四つの子どもくらいの大きさになりました。二、三週間たつと、もう九つか十ぐらいの大きさになって、ほかの子どもたちと元気にかけまわったり、ぺちゃくちゃおしゃべりもするようになりました。おんなの子は、ほかの子どもたちとたいへんちがっていましたが、みんなはこのおんなの子がとても好きになりました。

おとうさんもおかあさんも、この子を心からかわいがりましたので、おんなの子はとてもしあわせでしたが、ただ一つ、おんなの子がとてもこわがったものがありました。それは、お日さまでした。毎日、日がてっているあいだ、おんなの子は、日の光のとどかないひんやりとしめっぽいところにかくれていました。ほかの子どもたちは、どうしておんなの子がそうするのか、わかりませんでした。

春になって、一日一日と日が長くなり、だんだんあたたかくなってきました。すると、小さいゆきんこは――おんなの子のことを、みんなはそういってよんでいました――だんだん顔いろが青白くやせてきました。母親は、なんども、「かわいいむすめや、どこか具合がわるいのかい?」とたずねましたが、ゆきんこは、「いいえ、かあさん、なんともないの。ただ、お日さまがあんなにギラギラと照らなければいいのに。」というだけでした。

ある日、それは、聖ヨハネさまのおまつりの日でしたが、村の子どもたちは、おんなの子をさそって、一日、もりへ出かけました。そして、この子をよろこばせるために、たくさんの花をつんでやりました。けれども、ゆきんこは、大きな、まっかなお日さまが出ているあいだは、すこしも元気がありませんでした。とうとう、そのお日さまも、西の空にしずんで、ひんやりした夕ぐれになると、やっと安心して、小さな手を高くのばし、楽しそうにあそびはじめました。ゆきんこがうれしそうにしているのをみてよろこんだおとこの子たちは、「ゆきんこがよろこぶようなことをしてあそぼうよ。たき火をしようよ。」といいました。

ゆきんこは、たき火がどんなものか、しりませんでした。それで、ほかの子どもたちといっしょに、手をたたいてよろこびました。子どもたちがたきぎをあつめるのを、ゆきんこも手つだいました。それからみんなは、たきぎをつみあげたまわりをかこんで、おとこの子が火をつけました。

ゆきんこは、もえあがるほのおをじっとみつめ、たきぎがパチパチとはぜる音に、ききいりました。そのうち、子どもたちはとつぜん、なにか小さな音がしたのに気がつきました。そこで、いままでゆきんこがたっていたところをみると、そこには小さなゆきのかたまりがあるだけで、それもみるみるうちにとけていきます。みんなは、ゆきんこがもりのおくへかけこんだのだと思って「ゆきんこ！　ゆきんこ！」と大声でよびました。けれども、なんのこたえもありません。ゆきんこは、この世にあらわれたときと同じように、なぞのようにきえてしまったのです。

（ロシアむかし話――マリー・シェドロックの再話による。）

三人ばか

むかし、あるおひゃくしょうが、おかみさんと、ひとりむすめと三人でくらしていました。そして、地主のだんなが、このむすめをおよめにもらいたいといっていました。だんなは、毎日、夕方になるとむすめにあいにきて、晩ごはんをごちそうになりました。

晩ごはんのときにのむビールを、地下室にとりにいくのは、むすめのやくめでした。

ある晩、いつものように、むすめは地下室にビールをくみにいきました。たるからビールをくみながら、ふと天井を見あげると、はりに、おのがささっているのに気がつきました。このおのは、ずっと前から、そこにささっていたにちがいありませんが、いままで気がつかなかったのです。ところが、いったん気がついてみると、それからそれへと心配になってきて、あんなところにささったままにしておくと、とてもあぶないという気がしてきました。

「わたしが、あのひとのおよめさんになると、むすこが生まれる。そのむすこが大きくなって、いま私がしているように、この地下室にビールをくみにきたとする。そのとき、あのおのがむすこの頭の上に落ちて、むすこが死んでしまったら、ああ、私はどうしたらいいんだよ!」

そういうと、むすめは、ろうそくと、ビールのジョッキをなげ出し、長いすにすわって、大声でなきました。

待ってても待ってもむすめが上ってこないので、上にいたひとたちは、ビールをくみにいったくらいで、どうしてこんなに長くかかるのかと、へんに思いました。そこで、母親が、ようすをみに、地下室へ下りていきました。すると、むすめは長いすにすわりこんで大声でないているし、ビールだるのせんはぬきっぱなしで、ビールはジャージャーとゆかに流れていました。

「ありゃまあ、これはいったい、どうしたわけだね?」と母親がたずねました。

「おっかさん、あのおそろしいおのをごらんよ! わたしがあのひとのおよめさんになるとむすこが生れる。そのむすこが大きくなって、この地下室にビールをくみにきたとする。そのとき、あのおのが上から落ちてきて、むすこが死んでしまったら、わたしはどうすればいいんだよう!」

「ほんにまあ、そんなおそろしいことになったら、どうしよう!」と母親は、むすめのとなりにすわって、大声でなきだしました。

むすめも母親ももどってこないので、しばらくすると、こんどは父親が、ようすを見に、地下室へおりていきました。すると、二人は長いすにこしかけて大声でないているし、ビールはジャージャーとゆかに流れていました。

「いったいこれは、どうしたというわけだよ?」と父親がたずねました。

「おまえさん、あのおそろしいおのをごらんよ。このむすめがあのひとによめいりすると、むすこが生れる。そのむすこが大きくなって、この地下室にビールをくみにきたとする。そのとき、あのおのが頭の上に落ちてきて、その子が死んでしまったら、どうすればいいんだよ!」

「そいつはたいへんだ! なんたらまあ、おそろしいことだ!」と父親もふたりのそばにすわって、大声でなきはじめました。

地主のだんなは、ひとりぼっちで、台所で待っていましたが、待ちきれなくなって、いったい、三人ともなにをしているのか、ようすをみようと、地下室へおりていきました。すると、三人は、長いすにならんで大声でないているし、ビールはジャージャーと、ゆか一面に流れていました。だんなは、いそいでビールだるのせんをしめて、いいました。

「いったいぜんたい、三人ともそんなところにすわりこんで、ビールはだしっぱなしにしたままないているなんて、どうしたわけです?」

「まあ、あんた、あのおそろしいおのをごらんなさい。うちのむすめがあんたによめいりすると、あんたたちのむすこが生れる。そのむすこが大きくなって、この地下室へビールをくみにおりてきたとする。そのとき、頭の上にあのおのが落ちてきて、その子が死んでしまったら、どうしますね!」

父親がそういうと、三人は、まえよりいっそう大きな声をあげてなきました。地主のだんなは、はらをかかえてわらいだし、手をのばして、おのをひきぬくと、

「わたしもずいぶんあちこち旅をしたけれど、おまえさんがたのような大ばかが、三人もそろっているのには、はじめてであったよ。わたしは、これからもう一度旅に出る。旅の途中で、

おまえさんがた三人よりもっと大ばかを三人みつけたら、またここにかえってきて、おまえのむすめさんをよめにもらうよ。」

そういって、だんなは旅に出かけていきました。あとにのこった三人は、むすめがおよめにいくあいてがいってしまったので、まえよりいっそう大声でなきました。

さて、地主のだんなが、どんどん、どんどん、旅をつづけていきますと、一人のおばあさんのうちの前にやってきました。そのうちの屋根には草が一面にはえていました。おばあさんは屋根にはしごをかけ、メウシをその草のところまで押し上げようとしていましたが、メウシはどうしても、はしごをのぼろうとしません。だんなはおばあさんに、いったい、なにをしているのかとたずねました。

「なにをしているって、ちょいと、ごらんよ、あのみごとな草を。このメウシを屋根にあげて、あの草をたべさせようと思ってね。メウシのくびにつなをかけて、そのつなをエントツからうちの中へたらす。そのはしをわたしの手にくくりつけておくんだよ。そうすれば、わたしがうちの中で用事をしていても、メウシが屋根から落ちたらすぐわかるというわけさ。」

「なんたる大ばかだ！　草をかって、下のメウシにくれてやりゃあいいじゃないか！」と、地主のだんなはいいました。

けれどもおばあさんは、メウシにはしごをのぼらせる方が屋根の上の草をかって下におとすよりもやさしいと思っていました。そこで、メウシをおしたり、すかしたりして、屋根にのぼらせて、くびのまわりにつなをかけ、エントツから下にたらしたつなのはしを、自分の手にくくりつけました。そこで、地主のだんなはまた出かけましたが、だんながあまり遠くまでいかないうちに、案のじょう、メウシは屋根からころげ落ち、なわにくびをしめられて、死んでしまいました。重いメウシが、おばあさんの手にくくりつけてあったつなをひっぱったので、おばあさんは、ずるずるとエントツの真中までつるしあげられ、細いエントツの中で身動きもできず、ススで息がつまってしまいました。

これが一人目の大ばかです。

地主のだんなは、またどんどん歩いていきました。日が暮れたので、宿屋にとまることにしましたが、宿屋は満員で、もう一人の旅人と二人で一つのへやに入れられました。その旅人はとてもいい男で、二人はすぐに仲よくなりました。ところが、よく朝起きて、身支度をすることになると、その男は、ズボンをたんすの引き手にぶら下げておき、へやのはしからたんすめがけて走っていって、そのズボンにとびこもうとします。なんどもやってみましたが、どうしてもうまくいきません。地主のだんなは、なぜそんなことをするのかと、あっけにとられてみていました。なんどもなんどもやったあとで、男はひとやすみし、ハンカチで顔のあせをふきながらいいました。

「やれやれ、ズボンほどヤヤコシイものはありませんなァ、まったく。いったいぜんたい、こんなヘンテコなものを発明したのは、どこのどいつだろうな。毎朝ズボンをはくのにタップり一時間はかかるんだ！　それにビッショリあせはかくしよ！　いったい、あんたは、どうやってズボンをはきなさるね？」

地主のだんなは、はらをかかえてわらいだし、ズボンをはいてみせました。すると、男はとてもよろこんで、あんたに教えてもらわなかったら、こんなはきかたがあるなんて、ゆめにも知らなかったと、お礼をいいました。

これが二人目の大ばかです。

地主のだんなが、またどんどん歩いていくうちに、ある村にきました。村はずれには池があって、その池のまわりに大ぜいの人が集まり、手に手に、クマデやほうきや、三つまたを持って、池をかきまわしていました。だんなは、なにごとがあったのかと、たずねました。

「えらいことですわ。お月さんが池の中におっこちてるんだが、どうやってみても、とれないんだ！」　それをきくと、だんなははらをかかえてわらいました。そして、空を見てごらん、あのお月さんが、池の水にうつっているだけだよ、と教えてやりました。

ところが、村のものは、だんなのいうことをきかないばかりか、だんなをひどいことばでののしったので、だんなは、ほうほうのていでそこからにげだしました。

こうして、世の中には、おひゃくしょう親子三人よりずっと大ばかが、うんといることがわかったので、地主のだんなはくにへかえって、おひゃくしょうのむすめをよめにもらいました。

（イギリスむかし話）

ありこのおつかい

ある日、ありのありこのおかあさんが、ありこにいいました。

「ありこちゃん、さっきおかあさんは、もりのなかで、おいしいくさのみをひろってきたの。これを、おばあさんにもっていってあげ。みちくさをくわずに、まっすぐいってまっすぐかえってくるんですよ。もりのなかには、おまえより大きい、こわいものが、たくさんいるからね。」

そこで、ありこは、「はい」といって、あかいぼうしをかぶり、くさのみのはいったかごをさげて、うちをでました。

けれども、ありこは、もりにはいると、おかあさんのいうとおりにしないで、あっちのはなをつんだり、こっちのくさをちぎったりしながら、のろのろあるいていきました。

すこしいくと、ある木のねもとに、あおいつるくさがまきついていました。そこで、ありこは、そのくさを、ぎゅっとひっぱりました。

すると、つるくさが、「あ、いたい！」といいました。

つるくさにみえたのは、かまきりのきりおだったのです。

「だれだ、ぼくのあしをちぎろうとしたやつは！」と、きりおはおこって、どなりました。

「なんだ、ありのこか。ちびのくせに、ぼくにかかってくるとは、なまいきだ。おまえをくっちゃうぞ。」

そこで、ありこは、「ごめんなさい、ごめんなさい。」といってにげだしましたが、きりおはながいあしでおいかけてきて、ぺろり、ありこを、ぼうしやかごもいっしょに、のみこんでしまいました。

「いやだあ、いやだあ。あやまったのに、たべるなんて——ばかあ！」と、なきながら、ありこは、きりおのおなかのなかにはいっていきました。

「うるさい。だまれ。」きりおはいいましたが、ありこはだまりません。

そこで、きりおは、しかたなく、おなかのなかのありことけんかをしながら、あるいていきました。

すると、むこうから、むくどりのむくすけが、ぴょんぴょんやってきました。ところが、むくすけは、きりおのすぐそばまでくるといきなり、おこりだして、

「なに、ぼくがばかだと。おい、ぼくが、いつばかなことをした？」と、どなりました。

きりおはびっくりして、

「ぼく、あなたがばかだなんて、いいませんよ！」と、いいました。

でも、そのとき、きりおのくちのなかから「ばかあ、ばかあ！」というこえが、きこえてきました。

すると、むくすけは、いよいよおこって、

「このかまきりのうそつきめ！　うそつくやつは、たべちゃうぞ。」といって、ぺろり、きりおをのみこんでしまいました。

そこで、きりおは、「ちがう、ちがう！　ばかっていったのは、ぼくじゃない。とんちきめ！」といいながら、むくすけのおなかのなかにはいっていきました。

「こら、うるさい。だまれ！」と、むくすけはいいましたが、きりおはだまりませんし、ありこもだまりません。

そこで、むくすけは、しかたなく、おなかのなかの二ひきとけんかをしながらあるいていきました。

すると、とつぜん、木のうえから、すとん！　と、やまねこのみゅうが、むくすけのめのまえにおちてきました。

「なんだと？　おれが、ばかのとんちきだと？　このおれが？」と、みゅうは、毛をさかだてて、むくすけをにらみつけました。

むくすけは、ふるえながら、

「と、とんでもない。ぼく、そんなこといいませんよ。あなたが、つよくて、りこうなことは、だれだってしってます。」と、いいました。

でも、そのとき、むくすけのくちのなかから、「ばかあ、ばかあ！」「とんちきめ！」というこえがきこえてきました。

すると、みゅうは、ますますおこって、

「このむくどりのうそつきめ！」といったとおもうと、ぺろり、むくすけをのみこんでしまいました。

そこで、むくすけは、「わるものお！　ぼくは、なにもわるくちいわないのに、たべちゃうなんて、わるものお！」と、どなりながら、みゅうのおなかのなかにはいっていきました。

「うるさい。だまれ！」と、みゅうはいいましたが、むくすけはだまりませんし、きりおも、ありこも、だまりません。

そこで、みゅうは、しかたなく、おなかのなかの三びきとけんかをしながら、あるいていきました。

すると、大きな木のかげから、くまのくまきちが、ぬうと、かおをだして、

「だれだ、おれを、ばかの、とんちきのわるものだっていったやつは？　おれが、おまえになにをした？」と、ききました。

みゅうは、おどろいて、

「そ、そんなこと、ぼく、いいません。」と、いいました。

でも、そのとき、みゅうのくちのなかから「ばかあ、ばかあ！」「とんちきめ！」「わるものお！」というこえが、きこえてきました。

「それみろ、やっぱりおまえだ。」というなり、くまきちは、ぺろり、みゅうをのみこんでしまいました。

のみこんでから、くまきちは、まるくなったおなかを、いっしょうけんめいおさえて、ちいさくしようとしました。

その日は、くまきちのたんじょう日でした。それで、おかあさんが、ごちそうをたくさんつくっておくから、そとへあそびにいっても、なんにもたべてはいけませんよと、くまきちにいってあったのです。

さて、くまきちが、うちへかえってみると、てーぶるのうえには、けーきや、はちみつや、やまぶどうのじゃむや、きのみが、いっぱいならんでいました。そして、そのわきに、おかあさんが、にこにこしながら、たっていました。

「くまきち、おかえり。おたんじょう日、おめでとう！　ほら、このごちそう、おいしそうでしょう？」

そして、おかあさんは、ぎゅっと、くまきちをだきしめました。

すると、「くるしい！」「ばかあ！」「とんちき！」「わるものお！」というこえがきこえてきたので、おかあさんはびっくりしました。

「くまきち、なあに？　いま、なんていったの？」と、おかあさんはききました。

「ぼく、なにもいわない。」くまきちは、かおをあかくしていいました。

すると、またそのとき、「ばかあ！」「わるもの！」「とんちき！」というこえがしたので、さあ、おかあさんは、おこってしまいました。

「ほら、また、いった！　おまえは、なんてわるいこなの！　おかあさんが、こんなにごちそうをつくって、まっていたのに。さ、こっちへおいで！」といって、おかあさんは、くまきちをいすのうえにねかせると、ぽんぽん、おしりをたたきました。

すると、くまきちのくちのなかから、「あいた、すぽーん！」と、やまねこのみゅうが、とびだしてきました。

「おやまあ、それじゃ、わるいことといってたのは、おまえかい？　そんなら、おまえをぶたなくちゃ。」

こういって、おかあさんは、みゅうをつかまえて、また、ぽんぽん、おしりをたたきました。すると、こんどは、「いたいよ、すぽん！」といって、むくどりのむくすけが、みゅうのくちから、とびだしてきました。

「おや、それじゃ、わるくちをいっていたのは、ほんとは、おまえ？」

そこで、また、むくすけが、ぽんぽん、おしりをたたかれました。

すると、こんどは、「すぽ！」というおとがして、むくすけのくちから、かまきりのきりおが、とびだしてきて、きりおもまた、おしりをたたかれました。

そして、さいごに、ありのありこが、あかいぼうしをよこっちょにかぶり、くさのみのはいったかごをしっかりだいて、きりおのくちからとびだしてきました。

「おばさん、ほんとは、わたしがわるかったの。」といって、ありこは、なきました。「わたしが、おかあさんのいうことをきかないで、みちくさをくったから、みんなが、じゅんじゅんにわるい子になってしまったの。ごめんなさい。」

これをきくと、くまきちのおかあさんは、

「そうだったの。それじゃ、ここで、くまきちのおたんじょう日のごちそうをたべて、みんなで、なかなおりしてちょうだい。ちょうどよかった。」と、いいました。

こうして、ありこや、きりおや、むくすけや、みゅうは、けーきや、はちみつや、やまぶどうのじゃむや、きのみをいっぱいごちそうになりました。

それから、ありのありこは、くまきちのおかあさんのあたまにのっかって、おばあさんのうちまで、おくっていってもらい、くさのみをおくと、まっすぐうちへかえりました。

（石井桃子さく）

サルとカニ

むかし、カニが町の市へわらを売りにでかけました。わらをせなかにしょって、

「わらやえー、わらやえー。」

と大声でよびながらあるいていくと、とてもおいしそうなくしがきが出ていました。

カニは、わらを売ったおかねで、そのくしがきを買ってかえりました。

うちにかえって、たべてみると、なんともいえないよいあじがしましたので、カニは、そのたねを一つ、にわにうずめて、毎朝、

「生《お》えず　はさみ切ろう、
　生えず　はさみ切ろう。」

といいながら、水をやりました。

すると、そのうち、かきのたねから芽が出ました。そこで、こんどは、

「太らず　はさみ切ろう、
　太らず　はさみ切ろう。」

というと、かきはずんずんのびて、大きな木になりました。そこでこんどは、

「ならず　はさみ切ろう、

ならず　はさみ切ろう。」

というと、りっぱなかきがたくさんなりました。

やがて、かきはまっかにじゅくして、それはそれはおいしそうにみえました。

カニは大よろこびで、かきのみをもごうと思って木にのぼりかけましたが、すこしのぼったと思うと、ずらずらとすべり落ちて、いくどやってものぼれません。そこで、とうとう、

「このかきをもいでくれるものがあったら、手かごいっぱいくれてやるんだがな。」

とひとりごとをいうと、そこへ、おく山のサルがあらわれて、

「おまえ、いまいうたことは、ほんとか。」とききました。

カニは、とんでもないやつがでてきたと思いましたが、しかたがないので、

「ほんとだ。」とこたえました。

すると、サルは、ちょろちょろとカキの木へのぼっていって、よくうれたかきをもいではたべ、もいではたべして、カニにはあおがきばかり落としてよこしました。

「サルどん、サルどん、これはしぶくてたべられないす。」

というと、いじわるサルは、よくうれたかきに、はなくそをつけて投げてよこしました。

「サルどん、サルどん、これははなくそがついてたべられないす。」とカニがさけぶと、サルはおこって、

「うるさいなあ。」

といって、大きなかきを、カニのせなかへ、どちゃんとたたきつけました。

カニはつぶされて、しんでしまいました。

サルが、木の上で、おいしいかきをはらいっぱいたべて、おりてきてみると、つぶれたカニのはらから、子ガニがわさわさとはいだしていました。サルは、その子ガニまで、みんなふみころしてしまいました。

ところが、たった一ぴき、かきの葉の下にかくれていた子ガニが、あぶないところをたすかりました。

子ガニは大きくなると、どうでもおやきょうだいのあだをうたねばならんと思いました。

そこである日、キビだんごをたくさんこしらえて、サルのばんば目ざしてでかけました。

とちゅうまでくると、ヒュウヒュウぐりが、ヒュウヒュウいいながらやってきて、

「カニどん、カニどん、どこいきやる。」

「サルのばんばへあだうちに。」

「こしのものはなんだ。」

「日本一のキビだんご。」

「一つくだされ、おともうそう。」

というので、カニはヒュウヒュウぐりにキビだんごを一つやって、ともにしました。

すこしいくと、菜っきりぼうちょうが、ジャッキリモッキリ、ジャッキリモッキリやってき

ました。

「カニどん、カニどん、どこいきやる。

「サルのばんばへあだうちに。」

「こしのものはなんだ。」

「日本一のキビだんご。」

「一つくだされ、おともうそう。」

というので、カニは、菜っきりぼうちょうにもキビだんごを一つやって、ともにしました。

またすこしいくと、たたみばりが、シクムク、シクムクやってきました。カニは、たたみばりにもキビだんごを一つやって、ともにしました。

つぎに、ハチがブンブンとんできました。ハチもキビだんごを一つもらうと、ともになりました。

そのつぎには、うすが、ゴロタン、ゴロタンところがってきました。

いちばんさいごに、ウシのふんが、ネッチラ、モッチラやってきました。

みんな、キビだんごを一つずつもらって、カニのおともをすることになりました。そろってサルのばんばへきてみると、サルはやまへでかけてるすでした。

そこで、ヒュウヒュウぐりはろの中に、カニはみずおけに、菜っきりぼうちょうはみその中に、たたみばりはふとんの中に、ハチはしょうじのかげに、そして、ウシのふんはいりぐちのところ、うすはその上の天井にかくれました。

しばらくすると、サルが、「こんなさぶい日が、あるものか。」といいながらかえってきました。

そして、ろのまえにすわって火をかきだすと、そのとたんに、ヒュウヒュウぐりがぼーんとはじけて、サルははいかぐらをあびて、からだじゅうやけどしてしまいました。

そこで、あわてて、やけどにみそをつけようとして、みそおけに手を入れると、菜っ切りぼうちょうがジャッキリと手をきりました。

血がながれだしたので、水であらおうとおもって水おけに手を入れると、ここだとばかり、カニがまたその手をチョキンとはさみました。

サルはもうこわくなって、

「こんげなときは、ねるよりほかどうもならん。」

といって、とこの中へもぐりこみました。

するとそこには、たたみばりが待ちかまえていて、シクッとばかりサルのおしりをさしました。サルはおどろいて、

「あいたた！　もうへえ、ねてもおきてもいられん。」

というておきてくると、また、しょうじのかげで、ハチにチクリとさされました。

「これはかなわん！」と、おもてへとびだそうとしたひょうしに、ウシのふんをふんで、

ネッチラとすべってころんだところへ、うすが天井からドタンと落ちてきて、サルはおしつぶされてしまいました。

カニは、こうして、みんなのおかげで、しゅびよくあだをうつことができましたとさ。

（加無波良夜譚による）

おばあさんとブタ

あるとき、おばあさんが、うちのおそうじをしていると、古い銀貨がでてきました。

「このおカネでなにを買おう。市場へいって、子ブタを買うことにしよう。」と、おばあさんはいいました。

市場からの帰り道、牧場の入り口までくると、子ブタがどうしてもそこのさくをとびこえません。

そこでおばあさんは、ひとりであるいていくうちに、イヌにあいました。

「イヌよ、子ブタにくいついておくれ。子ブタがさくをとんでくれない。それで、わたしは今夜、うちに帰れないんだよ。」

ところが、イヌは、子ブタにくいついてくれませんでした。

そこで、おばあさんは、すこし先まで、ひとりで歩いていきました。するとぼうにあいました。

「ぼうよ、ぼうよ。イヌをぶっておくれ。イヌが子ブタにくいついてくれない。それで子ブタがさくをとんでくれない。だから、わたしは、今夜、うちに帰れないんだよ。」

ところが、ぼうは、イヌをぶってくれませんでした。

そこで、おばあさんがまたすこし歩いていくうちに、火にあいました。

「火よ、火よ。ぼうをやいておくれ。ぼうがイヌをぶってくれない。それで、イヌが子ブタにくいついてくれない。それで、子ブタがさくをとんでくれない。だから、わたしは、今夜、うちに帰れないいんだよ。」

ところが、火はぼうをやいてくれませんでした。

そこで、おばあさんが、またすこし歩いていくうちに、水にあいました。

「水や、水や。火を消しておくれ。火がぼうをやいてくれない。それでぼうがイヌをぶってくれない。それで、イヌが子ブタにかみついてくれない。それで、子ブタがさくをとんでくれない。だから、わたしは、今夜、うちに帰れないいんだよ。」

ところが、水は火を消してくれませんでした。

そこで、おばあさんが、またすこし歩いていくうちに、オウシにあいました。

「オウシよ、オウシよ。水をのんでおくれ。水が火を消してくれない。それで、火がぼうをやいてくれない。それで、ぼうがイヌをぶってくれない。それで、イヌが子ブタにかみついてくれない。それで、子ブタがさくをとんでくれない。だから、わたしは、今夜、うちに帰れないいんだよ。」

ところが、オウシは、水をのんでくれませんでした。

そこで、おばあさんが、またすこし歩いていくうちに、にくやさんにあいました。

「にくやさん、にくやさん。オウシをころしておくれ。オウシが水をのんでくれない。それで、水が火を消してくれない。それで、火がぼうをやいてくれない。それで、ぼうがイヌをぶってくれない。それで、イヌが子ブタにかみついてくれない。それで、子ブタがさくをとんでくれない。だから、わたしは、今夜、うちに帰れないんだよ。」

ところが、にくやさんは、オウシをころしてくれませんでした。

そこで、おばあさんが、またすこし歩いていくうちに、なわにあいました。

「なわよ、なわよ。にくやのくびをしめておくれ。にくやがオウシをころしてくれない。それで、オウシが水をのんでくれない。それで、水が火を消してくれない。それで、火がぼうをやいてくれない。それで、ぼうがイヌをぶってくれない。それで、イヌが子ブタにかみついてくれない。それで、子ブタがさくをとんでくれない。だから、わたしは、今夜、うちに帰れないんだよ。」

ところが、なわは、にくやのクビをしめてくれませんでした。

そこで、おばあさんが、またすこし歩いていくうちに、ネズミにあいました。

「ネズミよ、ネズミよ。なわをかじっておくれ。なわがにくやのくびをしめてくれない。それで、にくやがオウシをころしてくれない。それで、オウシが水をのんでくれない。それで、水が火を消してくれない。それで、火がぼうをやいてくれない。それで、ぼうがイヌをぶってくれない。それで、イヌが子ブタにかみついてくれない。それで、子ブタがさくをとんでくれない。だから、わたしは、今夜、うちへ帰れないんだよ。」

ところが、ネズミは、なわをかじってくれませんでした。

そこで、おばあさんが、またすこし歩いていくうちに、ネコにあいました。

「ネコや、ネコや。ネズミをころしておくれ。ネズミがなわをかじってくれない。それで、なわがにくやのくびをしめてくれない。それで、にくやがオウシをころしてくれない。それで、オウシが水をのんでくれない。それで、水が火を消してくれない。それで火がぼうをやいてくれない。それで、ぼうがイヌをぶってくれない。それで、イヌが子ブタにかみついてくれない。それで、子ブタがさくをとんでくれない。だから、わたしは、今夜、うちに帰れないんだよ。」

すると、ネコは、

「メウシのところへいって、ミルクをひとはちもらってきてください。そしたらネズミをころしてあげますよ。」といいました。

そこでおばあさんは、いそいでメウシのところへいきました。

すると、メウシは、

「もし、むこうのほし草の山から、ほし草をすこしもってきてくれたら、ミルクをあげますよ。」といいました。

そこで、おばあさんは、いそいでほし草の山のところにいって、ほし草をもってきてやりました。

メウシは、ほし草をたべるとすぐ、ミルクをだしてくれました。そこで、おばあさんは、いそいでそれを、ネコのところにもっていってやりました。

ネコはミルクをなめるがはやいか、ネズミをころしにかかりました。ネズミはなわをかじりにかかりました。なわはにくやのくびをしめにかかりました。にくやはオウシをころしにかかりました。オウシは水をのみにかかりました。水は火を消しにかかりました。火はぼうをやきにかかりました。ぼうはイヌをぶちにかかりました。イヌは子ブタをかみにかかりました。そこで、子ブタはびっくりして、さくをとびこえました。そこで、おばあさんはその晩のうちにうちに帰ることができました。

（イギリスむかし話）

心身ともに日々成長する子どものために、図書館は、欠くことのできないものです。日本ではまだ、子どもたちが楽しく利用できる公共図書館が少ないので、個人の家庭を開放しての、家庭文庫がぜひほしいものと思います。

子ども文庫の会は、その家庭文庫が、「ポストの数ほど」多くなることを願い、かつ、子どもと本の問題を明らかにしたいと願って、仕事をしています。

子どもとともに本を読んでいくにつれて、わたくしどもは、子どもの本の本質が、大人には意外に理解されていないことに気がつきました。むしろ、読んでいないための誤解が堂々とまかり通っていたり、様々の意図や予見を持って読むためのゆがんだ見方が多いことなどが、子どもの本を楽しみ、同時に評価することを妨げているように思います。そこで、子ども文庫の会では、常時「子どもの本を読むセミナー」を開き、季刊「子どもと本」を発行して本を選ぶ基準つくりに努めながら、家庭文庫の質を高め、子どもの本を楽しむ輪を広げる努力をしています。

発行　子ども文庫の会
東京都渋谷区元代々木町四九―二三　セブンスターマンション代々木八幡二〇二
〒一五一―〇〇六二
電話　〇三・三四六六―二七九五　振替　〇〇一三〇・七・一四二八八七
印刷製本――――――――――――――――株式会社太平印刷社
ISBN　978-4-906075-00-3　http://www.kodomobunkonokai.com

ストーリーテリングについて　定価（本体250円＋税）
1966年12月20日初版発行
2020年1月31日第13版